Un cuento de un pez grande

JOANNE & DAVID WYLIE

Traductora: Lada Kratky
Consultante: Orlando Martinez-Miller

CHILDRENS PRESS Cuentos curiosos de peces ®

JOANNE & DAVID WYLIE

UN CUENTO DE UN PEZ GRANDE

Library of Congress Cataloging in Publication
Data

Wylie, Joanne.

   A big fish story.

   Summary: The narrator describes the fish he
caught in words that keep increasing its size.
   [1.   Fishes—Fiction.   2.   Size and shape—
Fiction]   1.   Wylie, David (David Graham), ill.
II.   Title.
PZ7.W9775Bi 1983   [E]   83-7449
ISBN-0-516-32982-0   AACR2

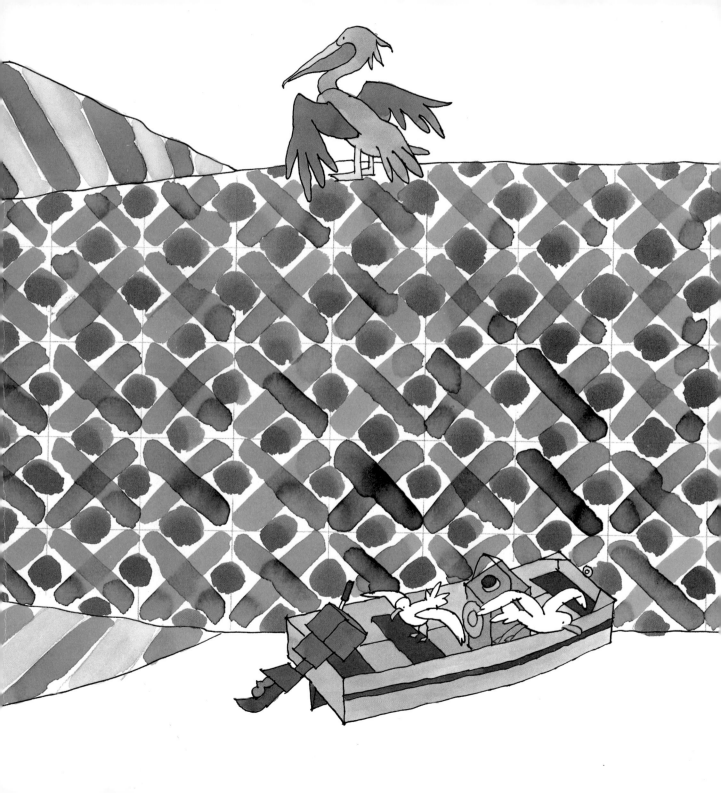

Anoche pesqué un pez grande
pero no dije lo grande que era.

Mis amigos preguntaron, "¿Es un pez grande?"

Dije, "Sí, pero más grande que grande."

"¿Es un pez grandote?"

Dije, "Sí, pero más grande que grandote."

"¿Es un pez grandullón?"

Dije, "Sí, pero más grande
que grandullón."

"¿Es un pez gigante?"

Dije, "Sí, pero más grande que gigante."

"¿Es un pez enorme?"

Dije, "Sí, pero más grande que enorme."

"¿Es un pez inmenso?"

Dije, "Sí, pero más grande que inmenso."

"¿Es un pez tremendo?"

Dije, "Sí, pero más grande que tremendo."

"¿Es un pez colosal?"

Dije, "Sí, pero más grande que colosal."

"¿Es un pez gigantesco?"

Dije, "Sí, pero más grande
que gigantesco."

"¿Lo podemos ver?"

Dije, "No, se escapó."

Vaya, ¡qué cuento estupendo!

¿Me crees?

LISTA DE PALABRAS (34 PALABRAS)

amigos	más
anoche	me
colosal	mis
crees	no
cuento	pero
dije	pesqué
enorme	pez
era	podemos
es	preguntaron
escapó	que
gigante	qué
gigantesco	se
grande	sí
grandullón	tremendo
grandote	un
inmenso	vaya
lo	ver

Joanne y David Wylie han colaborado en numerosos libros de trabajo, libros de cuentos, y materiales de instrucción para la infancia.

Joanne, nacida en Oak Park, Illinois, y graduada de la universidad de Northwestern, fue maestra de niños preescolares, de kindergarten y del primer grado por muchos años. Ahora pasa sus días escribiendo materiales que ayudarán a los niños a leer y a apreciar la lectura.

David, nacido en Escocia, asistió a la escuela en Chicago y estudió arte en el Instituto de Arte y en la Academia de F.B. Mizen. Se retiró temprano de los negocios y se mudó al campo para colaborar con su esposa Joanne en una serie de libros para niños preescolares y de primaria.

Los cuentos curiosos de peces

Un cuento curioso de colores
Un cuento de un pez grande

CHILDRENS PRESS 𝐂𝐏 ™